JN045665

うつモンスターが やってきた！

ママ、どうしたの？

エルドムート・フォン・モッシュ **原作・絵**

みやざき なおみ **訳**

ラグーナ出版

日本のみなさまへ

　心の病は、人生をがらっと変えてしまいます。当事者だけでなく、パートナーや身近な人たちの人生──そしてとくに子どもたちの人生まで変えてしまいます。不確かさ、不安、失望、そして罪悪感など、いろいろな感情が表れ、気持ちはジェットコースターのように激しく揺れます。ひとりの精神的な危機とそれによる大きな痛みは、家族全体に大きな壁として立ちはだかります。今まで通り、普通に日常生活を送るのは、病気の人にとって難しくなります。また、とくに子どもたちは、言葉にできなくても、家の中で何かが変わったことにすぐに気づきます。

　このような困難な時期に家族をサポートするために、私たちは子ども向けのシリーズ、Kids in BALANCE をつくりました。病気によるさまざまな変化について子どもたちと率直に話すことが必要だからです。

　でも、それをどうやって子どもに伝えたらいいでしょうか？　これは、心の病に直面したときに多くのおとなたちが思うことでしょう。私たちの絵本は病気についてわかりやすく書かれていて、かわいいイラストものっているので、本書を使うことで子どもたちと話し合いやすくなると思います。

　このKids in BALANCE シリーズでは、子どもたちと家庭生活に焦点をあてています。それぞれの本で一貫して、子どもの視点を取り入れて、小さな子どもたちも、両親あるいは兄弟の心の病が理解できるようになっています。

子どもへのメッセージははっきりしています。子どもは家庭での危機の発生とは何の関係もありません。同時に、子どもたちへ、きっと問題解決への道が開けるから、不安な気持ちを抱えたままひとりぼっちになることはないからね、と伝えたいです。子どもの不安を取り除いてあげて、親子関係を守る、さらに困難を通して関係を強めるのは、大事なことです。家庭やセラピーの場、学校や幼稚園で本書を一緒に読むことによって、子どもたちは今、身の回りで何が起きているのかを理解します。子どもたちが年齢に合った方法で状況を理解するのは、危機を乗り越えるための大きな力となるでしょう。

　1990年代以降、ドイツでは、精神疾患のある親を持つ子どもたちに対する意識が高まってきました。多くの場合、子どもが家庭の状況に対処するのに力尽きてしまい、子ども自身が何らかの問題を抱えるか、明らかに精神疾患を発症したときにようやく子どもたちがどれほどの重荷を家庭で抱えていたかが明らかになります。両親がともに心の病をわずらっている場合、その子どもが疾患を抱えるリスクは明らかに高くなります。いま、精神疾患のある親を持つ、かつて子どもだった人たちや兄弟たちに、だんだんと光が当たってきています。子どもたちに早い時期から精神疾患について話すことで、危機そのものを防げることもあります。子どもたちに率直に話すことは予防となるのです。私たちは子ども向けの本でその手助けをしたいと考えており、『うつモンスターがやってきた──ママ、どうしたの？』（原題：Mamas Monster. Was ist nur mit Mama los?）が日本で出版されることをたいへんうれしく思っています。

　楽しんでお読みください。

BALANCE buch + medien verlag より

おとなのみなさま

　小さな子どもたちは、表現こそきちんとできないけれど、まわりのことをとてもよくわかっています。自分たちのまわりで何か深刻なことが起こるとき、敏感に気づきます。

　子どもたちは、まわりの変化をきちんと整理できず、おとなが何も説明してくれないままだと、自分のせいだと思い込み、悩んでしまいます。

　というのも、子どもの小さな世界がはじまるとき、世界は自分だけを中心として回っているため、身の回りで起きる出来事の原因は自分にあると考えるからです。子どもには安定したよりどころが必要です。疑問、心配や不安を抱えている子どもたちをそのままひとりぼっちにしておいてはいけません。

　この本のお話を通して、小さな子どもたちは、お母さんやお父さんがかかる、うつ病のような心の病がどうして起こるのかを理解できるようになります。また、おとなは、うつ病にかかったとき、子どもが罪悪感を抱かないように病気をどのように説明するかを学びます。

　子どもたちは、親が引きこもったり悲しんだりと、これまでと違う振る舞いをしてしまっても、それが忍耐と休息、お薬とお医者さんや心理師と話すことなどの助けによって治療できる病気の症状なのだ、ということを理解します。そのとき、たとえお母さんやお父さんの調子がそれほど良くなくても、子どもたちは親から愛されているということを知る

のです。

　このような状況のなかで、親として誰かに助けを求めるのは、失敗したからでも、弱いからでもありません。誰かに子どもの世話をしてもらうとか、たとえばセラピーという形で専門家の助けを借りるなど、とにかく助けを求めてください。病院やクリニックへ行く必要がある場合もありますが、そのときは特に子どもたちに思いやりのある優しい心遣いが必要です。

　本の中で、リケはうつ病をモンスターとしてイメージしています。子どもたちは、病気をそのまま説明されるよりも、比喩や絵を通して説明してあげることで、心の病という抽象的な事柄をしっかりと理解します。そして、病気という目に見えない何か恐ろしいものと漠然と戦うよりも、モンスターを描くことによって病気を具体化したほうが、戦いやすくなります。

　わたしが書いた物語が、子どもたちの困難な時期を助けられたらうれしいですし、当事者のご家庭に幸せと力をもたらすことができましたら幸いです。

　お話のあとに、うつ病という病気の短い説明を載せましたのでご参照ください。

著者　エルドムート・フォン・モッシュ

リケのかぞくのしょうかい

わたしは、リケ。ほんとうのなまえは　フレーデリケ。だけど、みんなは　リケとよんでいます。

リケは、5さいになったばかり。ようちえんに通っています。

絵をかくのが　とてもすきな女の子です。

まだ赤ちゃんのトミー。リケの弟です。

よだれをたらすのが　だいすき。

そして、おふろのなかで、手で水をばしゃばしゃして、まわりを　びしょぬれ
にするのも　とくいです。

リケとトミーのママ、ロシー。ロシーは、お花屋さんです。

おうちの庭では　トマト、じゃがいも、ニンジンをつくっています。

パパのベルント。

パパは、会社で　お仕事がたくさんあるから、あまり　おうちにいません。

おやすみの日は、リケとかくれんぼをしてくれたり、トミーのおなかを　こちょこちょして　あそびます。

ママのところに　うつモンスターがやってきた

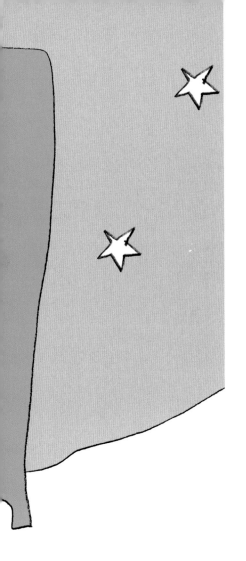

日曜日の朝です。

リケは、ベッドで　ママをまっています。

ママは、いつもリケを　おこしにきて、歌を歌って、おはようの　キスをしてくれます。そして、よくねむれた？　と、聞いてくれます。

でも今朝は、どれだけ　まっても　ママはきません。リケは、もう　まちきれません。ベッドからとび出して　キッチンへかけこみます。

朝ごはんが　おいてあります。

だけど、ママはどこ？

パパは、「ママは、まだベッドにいるよ」と、おしえてくれました。

リケは、ママの　ねている　へやへと　かいだんを
かけ上がります。

そおっとドアをあけると、ママが、リケの方を　む
きました。ママは、とてもかなしそうです。

「ママ、どうしたの？　かなしいの？」
でも、ママは何も言わずに　また　目をつむってし
まいました。

リケは、しずかにへやを出て、ドアをしめます。

ママは、リケのこと　おこっているのかな？

次の日、ママは、しごとに行きませんでした。

ママは、とても　ぐあいがわるそうです。たまにベッドから　おきてくるのですが、またすぐにソファーで　よこになってしまい　何もしません。

パパは、トミーの　めんどうをみないと　いけません。

リケは、となりのおうちの人に　ようちえんへ　つれていってもらい、帰りも　むかえにきてもらいました。

おとなはだれも　ママが　どうしたのか、おしえてくれません。

みんな　ほんとうに何も知らないの？

リケは、どんな絵を
かいたでしょうか？

リケは、たったひとり、自分のへやで 絵をかいています。でも、それは いつもみたいに いろあざやかな きれいな絵では ありません。

リケは、何かまちがったことをしたんじゃないか、と思って、かなしいのです。

「ママ、ママは リケに おこっているの？」

「ぜんぜん そんなことないわ。リケは 何も わるいことを していないのよ！」

ママの声は、よわよわしいです。

「じゃあ、ママは びょうきなの？」

ママは、小さな ためいきをつきます。

「びょうきなら なんで おいしゃさんへ 行かないの？」

次の週、朝早く、ママは、キッチンにいます。かみの毛は　ぼさぼさで、つかれているみたいです。

「リケ。おいで。話したいことがあるの」

ママは、にっこりしようとします。リケは、いそいでママのところへ行って、ママにぴったり　くっつきます。

それは、リケが　ずっとしたかったことでした。

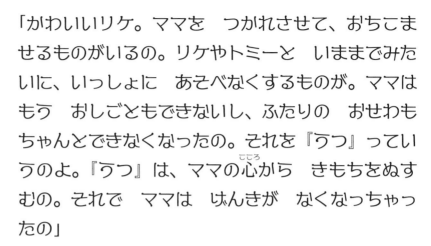

「かわいいリケ。ママを　つかれさせて、おちこませるものがいるの。リケやトミーと　いままでみたいに、いっしょに　あそべなくするものが。ママはもう　おしごともできないし、ふたりの　おせわもちゃんとできなくなったの。それを『うつ』っていうのよ。『うつ』は、ママの心から　きもちをぬすむの。それで　ママは　げんきが　なくなっちゃったの」

リケは、こわくなって　目をみひらきました。

「それって　モンスターみたいなものなの？」

「そうね、そんなものよ！」

リケは、ふしぎに思います。「ママの心から　きもちをぬすむモンスターが　おうちにいるの？　でも、どうしてママは　そのモンスターを　見たことがないの？」

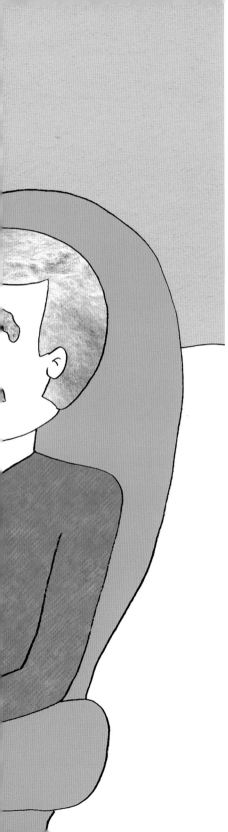

リケは、聞きます。「ママ、うつモンスターは　どこにいるの？　どうして　ママもパパも、モンスターを、おい出せないの？」

「モンスターは、かくれているの。見つけ出すのはむずかしいわ。でもモンスターが　はやく　いなくなるように、ママは、がんばるわ」

「モンスターは　あぶないの？　トミーやパパ、リケにも　同じことをするの？

心から　きもちをぬすんで、リケたちも、もう楽しくなくなっちゃうの？」

「そんなことはないわ、リケ。しんぱいしなくてもだいじょうぶ。モンスターは、ママだけが目当てなの。

ママは、これから　たくさん　おいしゃさんへ行くからね。それで、ママの　ぐあいが　どうなのか、何が　しんぱいかを　お話しするわ。おいしゃさんは、心や　きもちをみてくれて、モンスターが　いなくなるように　たすけてくれるわ」

リケは、びっくりします。そんな　心や　きもちの
おいしゃさんもいるんだね！

「じゃあ、まだリケのこと　すき？　リケのこと、
おこってない？」

リケは、おそるおそる　聞きました。

ママは、リケを　しっかりと　だきしめます。

「ママは、リケのことがすごく、すっごくすきなの。
リケは　ママの　だいじな　たからものだもの！
それに、トミーも　パパも、とてもすき。モンス
ターが、心から　たのしいきもちや　うれしいきも
ちを　ぬすんでしまったから、ママは自分のきもち
を　とりもどさないといけないの。わるいのは　ぜ
んぶモンスターなのよ！

だから、リケは、しんぱいしないで。ママだけが
モンスターを見つけ出して、おい出せるってことを
わすれないでね」

それを聞いたリケは、ようやくげんきを　とりもど
しました。

ママが　うまくモンスターを見つけて、おい出せた
らいいなあ。

ママは毎日、おくすりをのみ、ときどき心の　おいしゃさんのところへ行って、いろいろなことを話します。ママは、まだまだ　げんきが　ありません。おくすりをのんでも、モンスターは　すぐにはいなくならないそうです。しばらく　またないと　いけないみたいです。

パパは、トミーの　めんどうをみて、ごはんを　つくってくれます。パパは、とてもたくさんのことをしてくれます。

でもときどきパパは　とても　きげんがわるそうに見えます。

「ママに　おこらないで！　ママが何もできないのは、うつモンスターが　わるいんだから！」とリケ。

パパは、目をほそめます。「リケの言うとおりだよ！ぼくたちは、かぞくみんなで　力をあわせなきゃね」

リケは、いままでのように　ママとたくさんあそべ
なくて、まだまだ　かなしいです。
自分のへやで　ひとりで　たくさん絵をかきます。
モンスターがはやくいなくなりますように。

リケは、モンスターの絵をかいて、その絵をぐちゃ
ぐちゃにして　やぶってすてます。モンスターのこ
とを　とても　おこっているからです。

三週間後、ママは、久しぶりに　庭に出て、ちょっとだけ草むしりをしました。リケは、ママの　おてつだいをします。

ママは、にっこりして　言います。「ママはモンスターが　かくれているところを見つけて　そこからおびき出したの。おくすりでモンスターは　もうだいぶ弱くなったし、ずいぶん小さくなってきているのよ。もうちょっとで　モンスターは、アリさんくらい　小さくなるわよ」

そして、こう　つけたしました。「だけど、まだかんぜんに　いなくなったわけじゃないの」

「じゃあ、ぜったいに　あとちょっとで　うまくいくよ！」

モンスターが　もうずいぶん小さくなったから、リケは　うれしいです。

この日の夜、ママは、リケをベッドに連れていき、おやすみのキスをしてくれました。

リケは、ママに　モンスターが　いてもいなくても、ママはリケのことがすきだ、ということを　もういまは　わかっています。

……だけど、モンスターが　早く　いなくなってくれたら　もっともっと　いいのにな。

うつ病って何？

著者近影

うつ病とは、多くの人が苦しんでいる病気です。
うつ病の人にとって、普段なら簡単なことがとても
大きな負荷となってしまい、そのため日常生活が今
まで通りできなくなってしまいます。自分に対する
非難、生きることへの疲れ、不安、自分の存在は無
意味なんだという感情がうつ病の人を蝕みます。
一見良さそうなアドバイス、たとえば、「気合いを入れてがんばって！」、
「これを試しにやってみなさいよ！」、「とりあえず、これだけやっておけば
いいよ！」というのは逆効果です。このようなアドバイスはうつ病の人をさ
らに苦しめます。というのも、この病気になるのは、本人に能力がないせい
でも、怠けているせいでもないからです。むしろ、サポートをするときに必
要なことは、うつ病の人をありのままに受け入れることです。
重要なのは、本人がきちんと専門医などの力をかりようとすることです。そ
して、家族や子どもにも専門家や周囲の人の支援の手が必要です。まずは、
かかりつけ医に相談するのもひとつの方法です。

著者　エルドムート・フォン・モッシュ

訳者あとがき

　Psychiatrie出版の、Psychiatrieはドイツ語で精神科や精神医学という意味
で、この出版社はまさしく精神医療関係の本を出しています。おとな向けの
専門書だけでなく、このKids in BALANCE シリーズのように子どもも小さ
な関係者だという温かなまなざしのもとで、子ども向けの本もたくさん刊行
しています。このシリーズは、本書のような親の精神疾患、ガンや身近な人
の死、子ども自身の自閉症やADHDなどをテーマにしていて、さまざまな
問題を子どもにきちんと説明することで子どもの成長を守ろうという信念を
強く感じます。今回、日本語版の刊行をご快諾いただき、たいへん感謝して
います。

　この本の素晴らしいところは、うつ病という目に見えない病気を、モンス
ターにたとえて子どもに分かりやすく説明しているところです。著者のフォ
ン・モッシュさんは、ご自身の体験をもとにこの本をつくったと書いていま
すが、体験を子どもが分かるように整理するのに、大変な時間と労力を要し
たのではないかと思います。ご自身の体験が同じ経験をしている子どもたち
の癒やしへと昇華したこの作品は、ほんとうに素晴らしいですし、そのよう
な本の翻訳を担当できて光栄です。

　私は2012/13年にミュンヘン、2013年から現在までウィーンに住んでいま
す。ドイツ宗教哲学をテーマにした博士論文を書くための留学でした。こち
らへ来て、私はセラピーと精神科に通い、そこで体験したのは、先進的な精
神医療でした。

ドイツ語圏の研究で、精神障がい者とその家族との関係が注目され始めたのは1970年代末です。ドイツ語で、Betroffene（当事者）、Angehörige（家族などの身近な人）、Bezugsperson（学校の先生など患者と関係がある人）という言葉があり、それぞれに対する支援が進んでいます。1990年代半ば以降、精神障がい者の子どもにスポットがあてられ、支援すべきAngehörigeには子どもも含むと考えられるようになりました。日本では、精神疾患のある親がいる子どもの問題は、近年、「ヤングケアラー」の文脈で語られ始めています。ヤングケアラーとは、「慢性的な病気や身体障がい、精神的な問題などを抱える家族の世話をしている18歳までの子どものこと」をいいます。彼らは、大人が担うようなケアの責任を引き受け、家事やほかの兄弟の世話、トイレや入浴の際の介助、視覚・聴覚障がいの家族のための通訳、メンタルケアなどを行っていて、その負担が大きくなると、学校生活や子どもの発達に大きな影響が出ることが知られています。この言葉の発祥の地であるイギリスでは、1980年代末にこうしたヤングケアラーの存在が知られ、1990年代初頭から、このような子どもたちの研究・調査・支援が行われています。日本でも最近、イギリスの研究・政策を参考にしながらヤングケアラーを発見し、認知を広め、ケアをしていこうという動きが出ています。

　2019年の冬、私はセラピーの中で、小さいころの自分と向き合う時間があり、試しに子ども向けの本を読んでみようと思って手に取ったのが本書でした。

　かつて子どもだった私は、自分の過去をもう一度ひも解き、当時感じることができなかった感情に思いを馳せ、それによって過去を構築しなおし、今を生き直すことができるのだと実感しました。当時どんなに不安だったか、訳も分からず怒っていたか、自分が勉強さえしっかりしていれば何かが解決するのではないかと思っていたか、そんなことがよみがえってきました。昔

の記憶というのはどうやら冷凍されていて、私の感情は25年ほど遅れてレンジでチンして解凍されたかのようでした。こんな本が子どもの時にあったらよかったのに。誰かおとなが私にきちんと説明してくれていたら。絵本にあるように、モンスターを追い出せるのはママだけで、子どもは残念ながらなにもできないのだということを知っていたら。リケがモンスターの絵を破ったみたいに、怒りの感情を受け止め、それを表現できていたら。親に対して怒るなんて自分は悪い子なんだと思い、ひたすら自分の気持ちを押し殺し、その結果、自分の気持ちが分からないおとなになってしまうことがなかったら……。後悔はたくさんわいてきました。

　ひととおり嘆いたり悲しんだりした後、過去の自分をおとなの私が癒やすだけでなく、今、同じ問題に直面している日本の子どもたちをどうにかして助けたいという思いがわきあがってきました。企画書を送ったところ、ラグーナ出版の川畑善博さんが企画に賛同してくださり、また、ドイツに本部のあるレデンプトール宣教修道女会、鹿児島支部のシスターモニカをはじめシスターのみなさまに訳文をチェックしていただきました。熱い志を胸に、一緒にプロジェクトに取り組むことができ、たいへんうれしく思っております。

　子どもは自分の小さい世界で起こる出来事を自分に関連付けて考えています。それは、ワガママという意味ではなく、自分中心の世界観を持っているということです。小さな子どもほど、成長にはもっとも身近な人である親との安定した関係が必要です。小さな子どもは、家族が心を病むなど、何か自分の周りで不安なことが起こっていることを痛いほど感じていても、言葉にすることも対処するすべも学んでいないので、痛みを全身で受け、不安と罪悪感でいっぱいになります。

　また、子どもは、家の中の状況が何かおかしいと感じても、ほかの家庭と比較することができません。そのため、子どもにとっては自分の家庭の基準

こそがすべてとなります。「なんかほかの家庭と違うな」とわかる年齢になるころには、家庭全体のダメージが積み重なっていて、どこから解きほぐせばいいかわからなくなってしまいます。

　そうなる前に、子どもたちを助け出したい。この本を手にしたおとなのあなたに、助けを必要としている子どもたちに、この絵本を届けてほしいです。訳者から、心よりお願いします。

　下記に、うつ病とヤングケアラーについて、インターネットで見つけられる情報を載せました。ご参照ください。

（宮崎直美）

●うつ病
　・こころの健康教室サニタ　日本医療研究開発機構障害者対策委託事業
　　https://sanita-mentale.jp/video/anime/ja/utsu.html
　・こころもメンテしよう　ご家族・教職員の皆さんへ　厚生労働省
　　https://www.mhlw.go.jp/kokoro/parent/mental/know/know_01.html
●ヤングケアラー
　・子ども情報ステーション　NPO法人ぷるすあるは
　　https://kidsinfost.net
　・「こどもぴあ」精神疾患の親をもつ子どもの会
　　https://kodomoftf.amebaownd.com/
　・ヤングケアラープロジェクト　一般社団法人日本ケアラー連盟
　　https://youngcarerpj.jimdofree.com/
　・ヤングケアラー支援のページ
　　http://youngcarer.sakura.ne.jp/index.html

原作・絵　エルドムート・フォン・モッシュ

ドイツのヴュルツブルグ・シュヴァインフルト専門大学でデザインを専攻し、修士修了。
その後、アシャッフェンブルグのデザイン事務所で、ジュニア・アート・ディレクターとして出版物のデザインを手がけている。
本書は、自身の体験に基づいている。

訳　みやざき　なおみ（宮崎　直美）

1985年生まれ。慶應義塾大学法学部法律学科卒業ののち、一橋大学社会学研究科修士課程修了。
現在、ウィーンで日本語教育にたずさわるかたわら、ウィーン大学にて研究活動に従事。
2018年にPater Johannes Schasching SJ-Preisを受賞。
共訳に『精神の自己主張：ティリヒ＝クローナー往復書簡1942-1964』（未来社、2014年）などがある。

うつモンスターがやってきた！　ママ、どうしたの？

2021年4月27日　第1刷刊行

原作・絵　　エルドムート・フォン・モッシュ
　　　訳　　みやざき なおみ
発 行 者　　川畑 善博
発 行 所　　株式会社ラグーナ出版
　　　　　　〒892-0847 鹿児島市西千石町3－26－3F
　　　　　　TEL 099-219-9750
　　　　　　URL https://lagunapublishing.co.jp
　　　　　　E-mail info@lagunapublishing.co.jp.

印刷・製本　　シナノ書籍印刷株式会社

落丁・乱丁はお取り替えいたします

©BALANCE buch + medien verlag, köln, Auflage 2014, Korrigierter Nacchdruck 2019
Japanese edition published in 2021 by Laguna Syuppan Ltd

ISBN978-4-910372-06-8　C8097
©Naomi Miyazaki 2021, Printed in Japan

本書の一部あるいは全部を無断で利用（コピー等）することは、著作権法上の例外を除き禁じられています。但し、視覚障害その他の理由で活字のままでこの本を利用できない人のために、営利を目的とする場合を除き、「録音図書」「点字図書」「拡大写本」の製作を認めます。その際は事前に当社までご連絡ください。また、活字で利用できない方のために弊社では、ＰＤＦデータをご提供しております。ご希望の方は、ご住所・お名前・お電話番号・メールアドレスを明記の上、本頁左下部の請求券を当社までご郵送ください。

活字で利用できない方のための
テキストデータ請求券
「うつモンスターがやってきた！」
ラグーナ出版